PANÉGYRIQUE

DE

SAINT LOUIS,

ROI DE FRANCE,

PRONONCÉ DANS LA CHAPELLE DU LOUVRE

Le 25 Août 1774;

EN PRÉSENCE

DE L'ACADÉMIE FRANÇOISE:

Par M. l'Abbé FAUCHET.

A PARIS,

Chez DOREZ, Libraire, rue Saint-Jacques,
en face de la rue du Plâtre.

M. DCC. LXXIV.

PANÉGYRIQUE
DE SAINT LOUIS.

*Tibi, Deus patrum noſtrorum, confiteor,
te que laudo : quia ſapientiam & fortitudinem dediſti mihi.*

Dieu de nos Peres, je vous rends hommage, & je vous bénis ; parceque
vous m'avez donné la ſageſſe & la
force.

Daniel. Chap. 1.

L'HOMME borné aux dons de la nature ne trouve en ſoi que les paſſions
& la raiſon qui ſe diſputent l'empire. Dans les ames fortes ce combat
eſt décidé bientôt : la raiſon triomphe-
t-elle ? les paſſions ſont dans les fers ; ſi

A 2

elle fuccombe , elle eft enchaînée. Les ménagemens ne conviennent qu'aux caracteres foibles ; de-là les hommes communs & la foule des efprits inconftans. La raifon victorieufe forme le fage : la force active des grandes paffions enfante le héros. La fageffe & l'héroïfme font donc incompatibles dans leur principe ; s'ils fe trouvent jamais réunis, il faut en chercher la caufe hors de la nature. Le genre humain a vu rarement ce prodige : il eft fans exemple avant le chriftianifme. Quel Roi parmi les nations Payennes fut conftamment héros & fage dans toute l'énergie de ces grands noms ? cet accord de deux forces contraires & toutes deux extrêmes paffe le pouvoir de l'homme ; c'eft l'effet de la grace : dès qu'il fe montre confommé, Dieu paroît.

Entre tous les miracles que le ciel a faits en faveur de la religion chrétienne, celui-ci eft l'un des plus grands. La nature infenfible fe prête mieux à la volonté du créateur, que le cœur de l'homme : le dérangement des aftres étonne moins l'efprit fenfé, que le calme de la fageffe réuni dans une feule ame avec l'impétuofité de l'héroïfme. Depuis la réformation du monde par Jefus-Chrift il n'eft que quatre hommes en qui Dieu ait fait éclater cette merveille ; Théodofe, Charlemagne, Alfred & Louis IX. Dans le dernier feul elle brilla fans affoibliffement. Les deux premiers furent plus héros que fages : Alfred fut plus fage que héros : SAINT LOUIS fut également & parfaitement l'un & l'autre. Dans cet ordre de grandeur , il eft l'homme le plus étonnant qui ait jamais exifté. Son caractere de fageffe & d'héroïfme que nous allons effayer de peindre attefte la toute puiffance de la religion dont il eft l'ouvrage : il faut tomber aux pieds du Dieu de SAINT LOUIS & l'adorer dans ce prodige. *Tibi Deus patrum noftrorum confiteor , teque laudo : quia fapientiam & fortitudinem dedifti.* Je vais parler d'un fage devant les amis de la fageffe ; je dois compter fur leur indulgence. *Ave Maria.*

PREMIERE PARTIE.

LE s plus sublimes entre les sages du monde ont montré dans leur conduite l'inconséquence qui résulte infailliblement durant le cours d'une longue vie, de la constitution de notre nature. L'homme sincérement vertueux ne veut que le bien, & souvent il s'en écarte. La raison porte devant lui son flambeau, il la suit avec ardeur : un nuage passager vient-il à obscurcir sa vue ; il s'arrête, & son guide est déja loin ; ou il le devance, & séduit par un phantôme de perfection qu'il poursuit toujours, il arrive au mal en volant avec trop d'activité vers le mieux. Ces inévitables méprises ne font point perdre à ceux qui s'y laissent surprendre, les honneurs de la sagesse ; il faudroit les interdire à l'humanité, si on ne les accordoit qu'à la perfection. Mais un Roi qui environné d'obstacles, s'avance courageusement dans les voies de la bienfaisance & les parcourt sans écarts, qui tempere sa sagesse pour qu'elle aille plus efficacement à l'utile, qui en répand les influences ſur toutes les nations & tous les ſiecles ; un ſage ſi parfait n'eſt point l'homme de la nature, c'eſt l'homme de Dieu, il eſt l'image de la ſageſſe infinie, il faut adorer en lui ſon modèle.

Par la ſeule expoſition des faits il ſera prouvé que SAINT LOUIS conſidéré uniquement comme ſage eſt un témoin autenthique de la vérité de l'Evangile : d'aſſemblage des qualités glorieuſes qui l'ont élevé au plus haut dégré d'héroïſme ne fera qu'ajouter une force nouvelle à cette premiere preuve.

Je réduis à la bienfaiſance le caractere propre de la ſageſſe, parceque le zèle du bien exercé dans ſa perfection ſuppoſe toutes les vertus. Ne craignons point que le bienfaiteur de tous ſoit injuſte envers lui-même. C'eſt l'amour de l'ordre qui l'anime, & l'ordre eſt un. L'homme le plus parfait dans l'exercice de ſes devoirs extérieurs eſt infailliblement le plus ſaint dans ſa conduite privée. SAINT LOUIS fut inaltérable dans la simplicité de ses vertus solitaires & dans l'intégrité de ses mœurs : qui en doute ? si ce fondement de ses vertus publiques eût manqué , il n'eût pas laissé aux races futures le monument si hardi & si vaste de son regne où la main de Dieu se montre empreinte avec tant d'éclat. *Qui bene facit ex Deo est.* Oubliant donc les détails de sa vie domestique , qui formeroient seuls un tableau sublime ; élevons-nous directement à la plus grande hauteur de son caractere, & voyons toute la terre étonnée de ses bienfaits.

Pour être utile au monde il eut à combattre tous les obstacles. Il étoit Roi , il l'étoit dès l'âge le plus tendre : le trône à peine affermi dans sa maison, des vassaux impérieux qui attendoient cette conjoncture d'un Roi enfant pour s'arroger l'indépendance , le peuple dans l'abrutissement de l'esclavage, les bonnes mœurs inconnues , le langage d'alors n'ayant pas même de terme pour les exprimer , des guerres éternelles , des

Provinces ravagées, l'héréfie & le fanatifme étalant à l'envi des fcènes d'hor-
reurs, les lettres ignorées, les dernieres
lumieres de l'Eglife éteintes, le Sacer-
doce & l'Empire mêlant dans une obfcu-
rité profonde leurs droits réciproques,
& fe heurtant fans fe connoître, les nations féroces de l'Orient prêtes à fondre
fur nos contrées & à confommer la dé-
vaftation, tous les peuples fe donnant
réciproquement le nom de barbares &
le méritant tous : tel étoit l'état des
chofes quand Saint Louis à peine forti
du berceau monta fur le trône. Si ce
jeune Monarque veut le bien, ce fera
déja une merveille : s'il le fait, l'admiration ne fuffira plus, c'eft à Dieu qu'il
faudra rendre hommage. *Cor Regis in* Prov. c. 2ɪ.
manu Domini.

Ce Prince étoit affez puiffant pour
avoir des flatteurs appliqués à rétrecir
fon génie ; il l'étoit trop peu pour s'élever de lui-même à de grands projets.
Le mal lui étoit facile ; le bien offroit
des difficultés infurmontables : elles ne

le furent point à fa fageffe. Il fit tant
de bien qu'on auroit cru que le mal feul
lui étoit impoffible. Je ne dérobe pas à
Blanche de Caftille la gloire d'avoir donné à fon Fils la plus parfaite éducation
qu'il pût recevoir alors. Mais l'éducation d'un enfant déja Roi eft plus dans
fon cœur que dans l'efprit de ceux qui
l'inftruifent. L'ame de SAINT LOUIS na-
quit adulte, & fon illuftre Mere ne fit que
foutenir la foibleffe de fon enfance pour
qu'il commençât de bonne heure à former fes pas dans la carriere de l'utilité
publique où l'entrainoît fon penchant.

Le premier bien qu'il dût à fon peuple
étoit la paix : elle fut le fruit de fa fageffe
autant que de fes victoires. Il épouvan-
toit les rebelles par l'appareil de fes forces
& la célérité de fes entreprifes : il les frap-
poit d'admiration par la fermeté de fes
deffeins & l'intrépidité de fes réfolutions.
Après leur défaite, il les captivoit par fon
indulgence, par la grace qui accompa-
gnoit fes bienfaits & par l'afcendant d'une
vertu toujours femblable à elle-même.

(11)

Trois Princes altiers , nourris parmi
les factions & les révoltes , meurtriers
infatigables , fléaux du Royaume & de
l'humanité, s'étoient ligués dans une ca-
bale impie *contre tous les hommes venus
& à venir* : Bien-tôt enchaînés eux-mêmes
par cette sagesse qui fait plier le vice
comme un roseau , ils consentent à recevoir la paix & s'écrient , *la main de Dieu
est avec le jeune Prince*. Ces deux cris
comparés suffisent pour donner une idée
de l'empire que SAINT LOUIS exerçoit sur
les âmes. *Contre tous les hommes venus
& à venir* ! par cette conjuration les fac-
tieux méconnoissent le Dieu de la nature
dans tout le genre humain , il semble
que la terre n'est pas assez peuplée pour
les massacres qu'ils méditent , & que
leur fureur guerrière va manquer de vic-
times *venite occidamus*. Mais non ; *la
main de Dieu est avec le jeune Roi*, ils
adorent le Dieu du sage , le pere com-
mun des hommes ; ils le reconnoissent
dans SAINT LOUIS , leur fureur est désar-
mée , l'amour fraternel rentre dans des

Gen. c.
XXXVII.

ames qui fembloient faites pour l'igno-
rer toujours, *manus Dei cum illo.*

Tout change. Spectacle frappant & enchanteur ! Un peuple qui depuis l'origine de la monarchie ne connoiffoit d'exercices que les combats, un Royaume où tout étoit arfenal & forterefle, des Provinces où les routes publiques n'étoient frayées que par la marche des armées, des campagnes où le laboureur manquant des inftrumens de fon art, pour foc avoit un glaive, & fe voyoit forcé d'égorger fes concitoyens au lieu de les nourrir, une terre de défolation où la difcorde regnoit parmi les ravages, où les hommes auroient plutôt manqué que les meurtres ; la paix, la bienheureufe paix defcend fur cette terre fanglante : ces enfans de guerre & de carnage s'arrêtent dans le moment où leur ardeur eft la plus impétueufe, fe fixent, fe reconnoiffent pour des hommes & des françois, lèvent les mains au ciel de furprife & d'allegreffe, retournent unanimement aux travaux champêtres, re-

L. Reg.
c. III.

trouvent la nature dans ces champs fu-
neftes où ils l'avoient fi longtems étouf-
fée : l'abondance elle-même étonnée de
fe voir en ces lieux parée de toutes fes
richeffes fe lève du milieu de nos gué-
rets , répand de toutes parts , avec fes
dons , la vie & la fécondité ; la popula-
lation ce figne infaillible de bonheur fe
double en quelques luftres ; des che-
mins faciles s'ouvrent d'une extrémité
du Royaume à l'autre , le commerce les
parcourt dans une fécurité profonde ;
les tours , les forts , les châteaux ne font
plus l'épouvantail des voyageurs , ils font
l'afyle du foible & les temples de l'hof-
pitalité. La fraternité regne , la religion
reçoit des hommages purs , l'humanité
triomphe. O prodige ! quel Etre tout-
puiffant , du fein du cahos à fçu tirer
cette terre de bénédiction ? Qui a préfidé à cette création nouvelle ? Dieu ,
chrétiens Auditeurs ; & d'autant plus fû-
rement Dieu que c'eft un feul homme.

Ce n'eft point ici une révolution pré-
parée de loin par l'action lente des caufes

secondes, par la difpofition des efprits,
l'urbanité des mœurs, le progrès des
connoiffances, l'inclination commune
des cœurs, la foumiffion de toutes les
volontés à la volonté d'un feul ; par cet
affemblage heureux de circonftances qui
fait qu'un Roi n'a qu'à dire à fon peuple
» je le veux, ô mon peuple, fois heu-
» reux « & il le fera. A l'époque de
cet évenement fortuné, tout annonçoit
des malheurs, tout étoit obftacle pour
le bien. Point de loix, que des ufages
barbares : point de mœurs, que l'amour
du brigandage : point de volonté commune, que celle de l'indépendance : un
peuple efclave, ftupide, abruti, qui n'eft
compté pour rien fi ce n'eft pour un
objet de vexation, mille tyrans fans principes & fans humanité, qui formoient
tout l'état : à la tête de cette peuplade
infortunée qui n'eut pas mérité le nom de
Royaume, fi les autres alors en euffent
été plus dignes, un Roi reftraint à quelques domaines & à qui des vaffaux in-
domptés refufent jufqu'aux cérémonies

de l'hommage : c'est ce Roi, assailli dès
ses plus jeunes ans , seul contre tous ,
foible de pouvoir , mais fort de la sagesse
de Dieu , c'est lui qui change tous les
cœurs , fléchit tous les courages , chasse
la guerre du centre des débris qu'elle avoit
accumulés , change en une nation d'hommes un amas confus de reptiles dévorans , & fait régner la félicité publique
sur la nombreuse famille qu'il vient de
rendre à la nature. Bénissez le Seigneur ,
dit le Prophête , de son lieu saint il se leve
pour être le pere d'un peuple délaissé , le
juge de la veuve , le pacificateur des hommes , il leur donne des mœurs unanimes
pour habiter ensemble comme des freres.
Le lieu saint, MESSIEURS , d'où le Seigneur se leve pour répandre tous ces bienfaits , est le cœur d'un Prince juste , de
ce bon Roi qui fut le pere de la nation
françoise qu'il enfanta par sa sagesse ;
c'est ce cœur , le plus digne asyle qu'un
Dieu pût habiter pour être utile aux
hommes. *Deus in loco sancto suo , Deus* Pf. 67.
qui inhabitare facit unius moris in domo.

La nation Françoife commença d'exif-
ter & d'être heureufe fous Saint Louis,
puifqu'il lui donna des loix & des mœurs:
autre prodige dont l'impoffibilité morale
étoit plus grande encore, que celle de la
pacification qui fut le prélude de ces
nouveaux bienfaits.

J'oferai l'affirmer, Messieurs, faire
de bonnes loix en général, tracer des
regles univerfelles de morale & de vertu, eft une opération facile; il fuffit d'a-
voir l'ame faine, d'entendre la voix de
la nature, de recueillir les vœux du genre
humain. Un efprit fenfé, un cœur hon-
nête peut en être capable. Mais appli-
quer à propos ces folides inftitutions,
faire confentir les hommes à leur propre
bonheur, en cela confiftent la difficulté
& la gloire. Les inftituteurs de nations
ont été de grands hommes; ils ont connu
les préjugés, les mœurs, les difpofitions
intimes, les paffions dominantes; ils ont
fçu combiner la facilité des innovations,
les defirs vagues des volontés, l'influence
des forces morales qu'ils pouvoient mettre

en

en œuvre pour réuffir : mais ils ont été
tous, plus ou moins favorifés dans leur
deffein. Les peuples encore fauvages pré-
fentoient moins d'obftacles aux légifla-
teurs que les nations dégradées par des
loix fauffes & des mœurs abfurdes. Les
réformateurs, qui ont vivifié les répu-
bliques & les empires par une légifla-
tion nouvelle, ont tous dû leur fuccès ou
à l'abfolu pouvoir ou à la faveur des
conjonctures. Il étoit réfervé à Saint
Louis de vaincre toutes les oppofitions
avec la plus foible puiffance ; de donner
à une nation divifée, abâtardie, tombée
dans le dernier dégré de corruption po-
litique & morale, des loix qui la réfor-
maffent & dont elle ne vouloit point. Ce
fait eft fans exemple. Tous les peuples
qui ont reçu des loix ou les avoient de-
firées, ou s'étoient vus contraints à les
recevoir. Ici tout manque : la volonté
dans l'Etat, le pouvoir coactif dans le
légiflateur ; & cependant tout cède. Voilà,
Messieurs, le miracle de la fageffe. Le
code des établiffemens de Saint Louis

qui réformerent la France , est modelé
sur les loix saintes de Jesus-Christ qui
changerent l'univers. La justice, la charité, l'humanité, la religion surtout qui
est la sauve-garde de l'humanité même,
toutes les vertus tracées dans l'Evangile
se retrouvent dans les instituts du Saint
Monarque : & les mœurs des François
n'y étoient pas moins opposées que celles
du monde entier à la doctrine du Sauveur lorsqu'il parut sur la terre.

Qu'étoit-ce que la justice chez les François ? la violence consacrée par le fana-
tisme. On appelloit Dieu en preuve, on
lui prescrivoit des prodiges. L'eau, le fer
& le feu devoient discerner les coupables.
L'adresse du criminel qui éludoit le péril,
en faisoit un homme révéré que le ciel
conservoit pour le bonheur du monde :
la confiance aveugle de l'innocent le per-
doit sans ressource & dévouoit ses cendres
à l'anathême. Des Juges insensés disoient
au juste traduit devant eux par les méchans , ce que le tentateur osa dire au
principe même de toute justice. » Pré-

» cipitez-vous & l'on croira que vous
» êtes le Fils de Dieu «. *Si Filius Dei* Mat. ch. 5.
es mitte te deorsùm. Quelques-uns ont
cru que le ciel ne dédaignoit pas de se
prêter à la bonne foi de ces ames stu-
pides, & d'autoriser par de vrais prodiges
des usages si contraires à la raison & à
l'Evangile. Dieu se laissoit donc tenter
par la malice & l'absurdité humaines?
contre sa parole expresse , il trou-
bloit l'ordre de la nature pour autoriser une impiété ? Ceux qui le pensent
seroient dignes d'avoir vécu dans ces
siécles de barbarie. Auditeurs éclairés,
vous rejettez avec raison de tels miracles ;
mais en voici un qu'il convient à la phi-
losophie d'adopter & dont le surnaturel
ne peut être apprécié que par des sages.
Un Roi pieux trouve des peuples dont
les usages fanatiques sont érigés en loix,
& qui sont convaincus que la Divinité même est intervenue souvent en faveur de leurs opinions consacrées : le
saint homme qui ne fait point de prodiges sensibles , qui refuse même d'en

voir , dit à cette populace ignorante &
enivrée de prestiges : " Laissez là vos
" miracles & revenez à la raison. « Ce
sage est écouté. Les témoignages humains
sont substitués à ceux qu'on croyoit cé-
lestes. Un Seigneur puissant , pour faire
valoir le droit antique en vertu duquel
les grands du Royaume pouvoient être
impunément coupables , veut-il s'affran-
chir de la Jurisprudence nouvelle ? il est
puni avec une modération pleine de force ;
& chacun se soumet , & chacun admire.
N'est-ce pas là, MESSIEURS , un miracle
moral auquel tout homme éclairé doit
rendre hommage ? S. Augustin disoit aux
Gentils : " il s'est fait des prodiges en
" faveur de la religion chrétienne , les
" preuves en sont nombreuses & incon-
" testables ; si vos esprits s'y refusent , en
" voici un que vous serez forcés d'ad-
" mettre : le Christianisme est établi dans
" le monde , il l'a donc été sans pro-
" diges , & cela même n'est-il pas de tous
" les miracles le plus frappant « ? Saint
Augustin raisonnant ainsi , établissoit la

plus inébranlable vérité. Or ce que Dieu,
par des raisons dignes de la profondeur de
ses conseils, n'a pas fait par rapport à
l'Evangile, il l'a fait pour la législation de
SAINT LOUIS. Je sçais que l'établissement
de la religion, même par les miracles, est
encore en soi un prodige auquel rien ne
peut se comparer. Mais il est singuliere-
ment remarquable que de toutes les oc-
casions où la Justice éternelle a subjugué
les volontés d'un peuple enthousiaste &
rebelle, celle-ci est la seule où le mer-
veilleux d'appareil n'est entré pour rien,
& où la sagesse a tout fait.

La loi pour le discernement du crime
& de l'innocence servant de base à toutes
les autres, est l'établissement le plus utile
de notre sage législateur. Pour en étendre
encore l'utilité, il autorisa l'appel des
Jurisdictions subalternes au Tribunal souverain où il avoit réuni les lumieres &
l'intégrité, afin d'assurer la justice sur
tout le peuple. C'étoit blesser les plus
jalouses prétentions des grands Vassaux,
n'importe ; c'est le bien d'un peuple cher

à son cœur : que toute hauteur ambitieuse s'humilie ; il le faut, & cela est. Il multiplie les cas Royaux à l'égard des foibles ; par ce moyen ils ont un refuge assuré aux pieds de son trône où toutes les présomptions sont en faveur de la foiblesse contre la puissance. Il assure les prérogatives des Communes, droit précieux qui minoit sagement les fondemens de la tyrannie. Il embrassa dans sa législation tout ce qui intéresse les mœurs & le bonheur public, & par-tout il trouva des obstacles qu'il vainquit. Loix contre l'usure, loix de finances, loix des mariages, loix somptuaires, loix de police, loix en faveur du commerce & de l'agriculture : loix d'autant plus parfaites qu'elles le paroissent moins au premier aspect. La perfection absolue est facile à tracer ; c'est la perfection relative qu'il s'agit de saisir, & c'est le chef-d'œuvre de la sagesse : si tous les conseils évangéliques étoient des préceptes, quelque sublimes qu'ils soient en eux-mêmes, l'Evangile seroit moins parfait. Par des ménagemens analogues à notre nature, les loix de Jesus-Christ conviennent à tout le genre humain : voilà le sceau de la Divinité. A l'exemple de son modèle SAINT LOUIS établit les réglemens les plus convenables aux François : & comme le Sauveur avoit des vues de perfection qu'il ne fit connoître à ses Disciples que lors qu'ils furent plus pénétrés de son esprit *non* *potestis portare modo* ; ainsi l'instituteur de la France, mit dans ses loix des principes de perfectionnement qui devoient se développer dans des tems meilleurs, & consommer son ouvrage. Les institutions des plus célèbres réformateurs devoient s'altérer à la longue. Usant trop de l'ascendant de leur sagesse ou de leur pouvoir, ils élevèrent tout-à-coup leur législation à toute sa hauteur. Ce grand arbre qui par la fermentation instantanée couvrit la terre de ses fruits précoces ne pouvoit que décheoir. La vétusté devança le tems, la chaleur primitive manqua, les branches se dessechèrent ; bientôt il ne resta plus que le tronc majestueux encore dans son

Joan. 16.

B 4

aridité, mais incapable de couvrir les peuples de son ombre. La législation de SAINT LOUIS s'éleva d'abord dans un sol stérile, comme un jeune arbuste plein de vigueur ; ce fut une merveille. Mais il ne lui donna pas toute son extension ; les rameaux naissans furent disposés à croître avec ordre, & à porter progressivement leur sommet dans les nues. Pour faciliter ces accroissemens, il se contenta d'écarter les obstacles, de diriger les moyens & d'assurer pour l'avenir cette belle consti-tution de la France, à l'ombre de la-quelle les Rois étrangers devoient un jour chercher un repos qu'ils ne trou-voient pas sur leur trône. *Cum autem cre-verit majus est omnibus . . . . . . & fit arbor ita ut volucres cæli veniant & habitent in ramis ejus.*

Sagesse admirable de ce grand homme ! sa bienfaisance imite la providence divine ; il en répand les influences sur tous les hommes & sur tous les siecles. Comment assure-t-il pour les générations futures le bonheur des François ? par le moyen le

plus simple & le plus efficace, par l'a-
mour. Ce principe vivant qui sort du
sein de Dieu pour être l'ame de la nature, s'élance du cœur de SAINT LOUIS
pour être celle de la monarchie Françoise.
Il aima son peuple, il lui apprit à aimer
ses Rois. On a cherché souvent la cause
de cet amour inaltérable des François
pour leur Monarque : on l'attribue au caractère heureux de la nation, à la suc-
cession des bons Rois qui l'ont gouver-
née. J'ose assurer, MESSIEURS, que les
derniers descendans de Clovis, & pres-
que tous les Princes de la maison de Charlemagne qui ont régné sur nos peres,
étoient bons : cependant l'attachement
aux Monarques de ces deux dynasties ne
fut ni fort ni constant. Dira-t-on que le
caractère national n'étoit pas formé encore ? il faut l'avouer ; la nation étoit es-
clave, & des esclaves n'ont point de caractère. Mais qui l'a donc formée ? ô li-
bérateur de nos ayeux ! fléau des tyrans,
ami du peuple, SAINT LOUIS, pere des
François ! recevez l'hommage de nos

cœurs. C'eſt à vous que nous ſommes redevables d'être des hommes , d'avoir des droits de propriété , un nom dont nous faiſons gloire. Le gouvernement féodal étoit une loi de ſervitude qui ne fit que des eſclaves : votre légiſlation fut une loi de grace qui forma des enfans & créa la patrie. Cet aſyle que SAINT LOUIS nous a ouvert dans la puiſſance de nos Rois contre les dominateurs ſubalternes , eſt le foyer de cet amour qui ne peut ceſſer qu'avec la monarchie. Comment ne ſeroit-on pas attaché à un pere qui , étant ſeul puiſſant , n'a d'autre intérêt que d'être bon , & qui , trouvant l'amour dans le cœur de ſon peuple , ne peut avoir aucun motif d'être redoutable. Pourquoi la domination abſolue d'un ſeul dans certaines conſtitutions dégénere-t-elle en tyrannie ? parceque dans ces lieux le maître, qui l'eſt par la force , a tout à craindre ; il faut donc qu'il apéſantiſſe lé joug pour imprimer la terreur. Ici , où le Prince règne par un ordre de ſucceſſion que l'amour a conſacré , il ne craint rien , il eſt chéri ; la tyrannie eſt inutile , elle doit être impoſſible. Auſſi, à cette grande queſ-tion » quel eſt le meilleur des gouver-» nemens « ? peut-on répondre » celui » le Roi qui peut tout, eſt aimé par ſon » peuple «. Il s'y gliſſera des abus ; ils ſont de la nature humaine : mais il ſera ſi fa-cile à un bon Prince de les diminuer. Sous un Prince ordinaire , l'état François ſeroit encore celui de l'Europe où l'on pourroit le plus facilement vivre heureux & pai-ſible : & ſous un Roi juſte, bienveillant, laborieux, modeſte, compatiſſant, ſem-blable à celui que le ciel nous a donné dans ſa clémence, ce Royaume fortuné ſera l'aſyle du bonheur.

On voit aiſément où SAINT LOUIS a-voit trouvé le modèle de ce gouverne-ment admirable ; dans l'Evangile. La puiſſance y fait des préceptes , l'amour les exécute.

C'eſt encore là que ce ſage apprit à diſcerner la vraie conſtitution de l'Egliſe chrétienne, & reconnut juſqu'où s'éten-doit l'autorité du ſaint miniſtère. Il main-

tint l'Eglife de France dans une liberté,
non d'indépendance , mais de fageffe qui
prévient tous les abus. Il dreffa la prag-
matique célèbre qui n'eft que l'interpré-
tation de cette parole de Jefus-Chrift à fes
Apôtres : » votre domination ne reffem-
» blera pas à celle des Rois de la terre «.
Soumis au fouverain Pontife quand il
agit en Pafteur, il lui réfifta dès qu'il le
vit agir en maître. Il défendit les droits
des Princes , ceux des Evêques , des
Prêtres , des Cénobites , ceux des Seigneurs , ceux des derniers Laïcs de fon
Royaume. » Puniffez par la prife des biens
» ceux que l'Eglife excommunie « lui di-
foit-on dans l'affemblée d'Auxerre. » S'ils
» ont fait tort au prochain, je les punirai
» felon leurs délits ; s'ils n'ont fait tort
» qu'à leur ame, c'eft à vous, Pafteurs,
» de les punir felon leurs fautes par la
» privation des chofes faintes. Dans ces
» jugemens particuliers vous êtes hom-
» mes, fouvent la préoccupation vous
» égare. L'un abfout ce que l'autre con-
» damne : je ne ferai pas le fauteur de

» vos paffions. Le feul droit dónt je veux
» faire ufage eft de laiffer chacun dans le
» fien «. Ainfi parle le plus faint des
Rois. Ainfi Jefus-Chrift, qu'il fe propofe
en tout pour modèle, avoit réprimé le
faux zèle des Docteurs de la Synagogue,
qui étendoient le fceptre de la loi fur des
objets étrangers à fon empire. Il s'étoit
introduit durant les fiècles d'ignorance de
femblables abus qui tendoient à troubler la
difcipline générale & à bouleverfer l'ordre
que la religion doit établir parmi les hommes. Des Pontifes entreprenoient de dif-
pofer des fceptres & de renverfer les
trônes. Le fcandale alla plus loin. On ne
craignit pas de rendre un Concile œcu-
ménique témoin de ces excès. Dieu ne
pouvoit manquer de réprimer cet atten-
tat. Il choifit SAINT LOUIS pour être, par
fa fermeté dans cette conjoncture fatale,
la fauve-garde de l'Eglife-même & des
peuples. Fréderic eft dépofé par le Pape
au Concile de Lyon, qui n'oppofe que
fon filence à cette entreprife inouie ; &
le Prince le plus foumis aux vraies dé-

cifions de fes peres dans la foi, reconnoît
Fréderic pour Empereur, & l'honore. On
offre le Trône Impérial à la Maifon de
France ; il eft hautement refufé. Eft-ce
par crainte ? Louis la connut-il jamais ?
Les Evêques des Gaules font mandés à
Rome, il les laiffe libres de s'y rendre,
l'Empereur les arrête ; alors le Monarque
lui apprend à refpecter des François, &
lui mande que loin *de fe laiffer fouler à
fes éperons, fon Royaume eft en état de
l'écrafer.* Voilà le fage dont la prudence
courageufe & l'intrépide équité devoient
faire face à tous les abus. Et qui fçait,
dans le conflit des deux puiffances, jufqu'où feroient allé les excès, fi le Roi de
France, fecondant le Pontife de Rome,
eût permis à fon frere de monter fur le
Trône de l'Empire ? peut-être l'autorité
des Rois étoit dégradée pour jamais, le
Bâton Paftoral eût été un Sceptre, &
une religion, qui ne doit commander qu'à
l'efprit, eût regné par le glaive. Dieu ne
pouvoit pas le permettre ; mais il falloit
un grand Roi qui fût en même tems un

grand Saint, il falloit l'homme de la droite du Très-Haut, il falloit SAINT LOUIS, *stetit ergò & benedixit omni ec-* *clesiæ.* Cette haute fonction d'Evêque de l'extérieur, que les Conciles donnent aux Rois chrétiens, il l'a rempli à l'égard de l'Eglise universelle : il fut le conservateur de ses droits légitimes. Il apprit à tous les siècles quelle soumission étoit due à ses oracles, quelle vénération à ses ministres & jusqu'où il falloit respecter son pouvoir ; ensorte que pour décider dans tous les tems quels sont les droits véritables de l'Eglise, il suffit d'assigner ceux que SAINT LOUIS reconnut. Dans des tems orageux, où toutes les puissances se renversoient les unes sur les autres, Dieu le plaça comme un phare éclatant & un inébranlable rocher, pour montrer aux générations futures l'ordre permanent des choses, & arrêter le débordement des usurpations.

Génie vaste & bienfaisant ! le trône d'une nation est trop étroit pour vous. La sagesse vous appelle à la domina-

3. Reg. c. 8.

tion de l'univers. Montez sur le tribunal que vous dresse la confiance de tous les peuples. Voyez l'Europe entiere & les dominateurs des pays les plus barbares fléchir sous l'autorité de votre vertu. Une justice integre vous a fait restituer des Provinces dont la conquête vous paroissoit illégitime , & rendre en faveur de vos sujets, des arrêts contre vous-même : vous avez servi les pauvres avec une affection fraternelle, vous avez eu pour les petits & les foibles des entrailles de pere , vous avez porté dans votre cœur tous les malheureux, vous avez honoré l'humanité jusqu'à donner de vos mains la sépulture aux déplorables restes des vaincus : voilà que plus votre amour vous a rapproché des hommes , plus leur reconnoissance s'est empressée à vous élever au-dessus d'eux. Votre empire sur les volontés ne connoît plus de bornes. Les Princes & les peuples vous prennent pour arbitre. La nation Angloise remet ses intérêts entre vos mains : des Souverains infidèles s'en rapportent à votre équité:

le

le Prince des affaffins non-content de
refpecter vos jours , vous donne les témoignages les plus expreffifs de l'amitié
que vos vertus avoient fait naître jufques
dans fon cœur féroce : les hommages des
grands , les bénédictions des peuples ,
l'adoration des malheureux , l'amour du
genre humain font le prix de votre bienfaifance. Royauté fublime ! majeftueufe
domination ! Empire vraiment divin de la
fageffe & du génie ! il y a autant de dif-
tance entre cet empire & celui qu'exercent
le pouvoir & la force , qu'entre le bonheur & le malheur des hommes.

Pour mériter cet univerfel affujettiffe-
ment des cœurs, SAINT LOUIS ne trouva
point d'exemple parmi les Rois : il imita
Dieu même. Avant l'Incarnation , Dieu
irrité des crimes du monde, s'étoit retiré
dans fa gloire : quoiqu'il ne refufât pas
fes graces à la nature humaine , c'étoit
principalement par l'appareil de fon pouvoir qu'il fe manifeftoit. Alors les hommes
pour avoir plus près d'eux l'objet de leur
culte fe formèrent des divinités palpables

C

& se courbèrent honteusement devant ces ouvrages de leurs mains, plutôt que d'honorer une seule majesté qui sembloit écraser leur foiblesse. Mais Dieu s'étant revêtu de notre nature pour ramener à lui par l'amour ceux que sa grandeur infinie en avoit comme écartés ; le genre humain méprisa ses idoles & se livra librement au culte de ce maître adorable dont la bonté subjuguoit tous les cœurs. Ainsi les peuples méconnoissant dans le pouvoir absolu des Rois l'ancienne autorité paternelle qui étoit l'institution primitive, crurent que la puissance arbitraire s'affoibliroit en la laissant usurper à une infinité de tyrans qui dominoient de plus près sur leurs têtes. Mais dès qu'ils virent un vrai pere dans un Monarque, ils s'abandonnèrent à son amour & cédèrent tous ensemble aux charmes de son humanité. La différence est infinie, sans-doute : Saint Louis n'étoit qu'un homme ; mais cela même est un prodige qui honore magnifiquement la Divinité. Que l'Etre infini se

montre Dieu dans la manifeſtation de ſa
bonté ; cela eſt de la perfection de ſa nature. Mais que Dieu ſe faſſe imiter par
un homme, & que cet homme n'écou-
tant aucune des paſſions ſi naturelles
au ſein des grandeurs humaines, pa-
roiſſe à l'égard de tous comme une divinité propice, inacceſſible à l'orgueil &
à l'intérêt perſonnel ; je le répète à des
hommes faits pour apprécier toute la
force de cette preuve, c'eſt l'un des plus
frappants miracles. Ainſi quand le Sauveur diſoit, en parlant de ſes Diſciples,
ils feront des merveilles plus grandes que
les miennes *majora horum facient*, il an- Joan. 14.
nonçoit le prodige de ces hommes qui devoient ſe ſurpaſſer eux-mêmes & vaincre
leur nature. Tel parut Saint Louis :
ſimple au milieu des hommages qui ré-
veillent l'orgueil, s'oubliant lui-même
dans ſa bonté, tandis que l'univers exalte
ſa grandeur ; inſenſible aux attraits des
paſſions lorſque tout les excite autour
de ſon ame, équitable comme la loi,
bienfaiſant comme la Providence, tou-

jours égal & inaltérable dans sa sagesse :
voilà, MESSIEURS, l'ouvrage de la grace,
le triomphe de Dieu même. *Tibi Deus
patrum nostrorum confiteor teque laudo,
quia sapientiam & fortitudinem dedisti.*

J'ai rendu hommage à la bienfaisance
de SAINT LOUIS, mais je ne l'ai pas dé-
crite : un seul discours ne peut en repré-
senter tous les traits. Il faudroit compter
tous ses pas lorsqu'il visite ses Provinces,
réparant les injustices, encourageant les
travaux champêtres, se reposant sous les
chaumieres des laboureurs, conversant
de cœur avec cette portion chérie de sa
famille nationale, excitant sous les toits
rustiques les larmes de la joie & les trans-
ports de l'amour. Il ouvre de nombreux
asyles à l'indigence. Il consacre à la religion des Temples pleins de majesté. Il
excite l'émulation pour les beaux arts,
il veut que la vertu soit éclairée par les
sciences & relève l'éclat des talens. Les
sçavans sont ses convives les plus chers
après les malheureux : ses courtisans fa-
voris sont ceux qui s'intéressent le plus

tendrement pour les infortunés. Comme il aime à s'entretenir avec son peuple ! quel est le François, quel est l'homme, qui peut penser sans être attendri, à ce tribunal de verdure, à ce trône pastoral où un Roi simple & sublime comme la nature, accueilloit tous ses sujets comme ses enfans, écoutoit leurs plaintes, pardonnoit leurs fautes, terminoit leurs dissentions, les combloit de graces, les renvoyoit tous enivrés d'amour & d'admiration ? De quelle vertu ne leur donna-t-il pas l'exemple ? fils respectueux, tendre époux, le meilleur des peres, le plus sincère des amis, le plus pieux des fidèles, le plus sensible, le plus affectueux des humains, il eut toutes ces qualités & il étoit Roi. O grand Dieu ! soyez béni dans ce prodige de votre grace : vous avez montré ce que peut la religion sur le sage, comment il s'élève, selon votre parole, vers la perfection de son pere céleste. Frappés de la sublimité d'un si grand caractère les ennemis de la religion se sont écriés eux-mêmes, » il n'est

;; pas donné à l'homme de porter plus
;; loin la vertu «. Vous, MESSIEURS,
qui avez étudié nos penchans, qui con-
noiſſez l'aſcendant des paſſions, vous di-
rez plutôt qu'il n'eſt pas donné à l'homme
par les ſeules forces naturelles de la porter ſi loin. Un eſprit éclairé ſur l'inſta-
bilité du cœur humain, ne peut refuſer
cet hommage au Chriſtianiſme. Le témoignage de SAINT LOUIS en faveur de
l'Evangile eſt déciſif: il acquiert encore
une nouvelle force quand on penſe que
ce ſage ſi parfait avoit tout le feu & toute
la véhémence du plus grand des héros.
Ses qualités héroïques ſeront le ſujet de
la ſeconde partie.

SECONDE PARTIÉ.

LE nom de héros qui en impoſe tant
à l'univers, ne réveille que des idées
déſolantes dans l'ame du Sage : il voit
la force & le génie enfanter le malheur, & il verſe des larmes à l'aſpect
de cette gloire qui brille comme la fou-

dre & dévore comme elle. A confulter l'Hiftoire des Empires, qu'eft-ce en effet que l'héroïfme ? le fléau du monde. Des Villes embrâfées, des Provinces ravagées, des Royaumes envahis, la Terre couverte d'homicides, fouillée par tous les crimes, & au milieu de ces excès, des Peuples abufés qui encenfent ce qu'ils abhorrent ; voilà les faftes des conquérants. Les préjugés aveugles prodiguent l'admiration aux ennemis du genre humain : c'eft fur un fleuve de fang que ces héros fameux font portés au temple de la gloire ; c'eft fur les cyprès funèbres dont ils ont jonché la terre, qu'on va cueillir leur couronne d'immortalité. Si j'avois à célébrer de tels triomphateurs, Chaire fainte ! facrés Autels, fanctuaire de la Religion & des talens, augufte afyle de la paix ! je fuirois loin de vous. Un champ de bataille, où les débris fumans d'une ville réduite en cendres, feroient un théâtre convenable à mon fujet. Là, j'interpellerois les

ames fanguinaires & les cœurs inhu-
mains d'écouter mes accens. Les cou-
leurs de la mort , l'image de la def-
truction , les cris aigus des bleffés , les
foupirs fourds des mourans , la gaité
atroce des vainqueurs, m'infpireroient
une éloquence digne de mes héros.
J'offrirois à ces meurtriers immortels
l'encens qui leur eft dû , je proportion-
nerois mes éloges à leur fureur , & la
couronne dont je ceindrois leur front
incapable de pâlir , feroit tiffue de dé-
pouilles humaines enfanglantées.......
O humanité ! ô Religion inconfolables !
pourquoi faut-il que parmi des freres
il y ait un héroïfme guerrier ? pourquoi
des guerres & des triomphes ? O hommes ! ignorerez-vous donc toujours la
paix , & ne viendra-t-il pas un tems
où vous arracherez les palmes dont vous
ornez la victoire, pour n'en décorer que
la bienfaifance ?

Mais puifque le malheur des fiecles a
produit trop fouvent des conjonctures
où les héros eux-mêmes font devenus

les bienfaiteurs des peuples , ne refu-
fons pas nos hommages à un héroïfme
avoué par l'utilité publique : & s'il fe
trouvoit un homme fublime qui joignît
une fageffe irréprochable à une force
invincible, honorons en lui la plus vive
image de la divinité. Que l'imagination
invente donc ce héros dont la nature
n'offre pas même la poffibilité ; il feroit tel : doué d'un génie ardent & calme tout enfemble , il enfanteroit de
grands projets , mais toujours juftes ;
il iroit à l'exécution par les moyens les
plus prompts & les plus sûrs, mais fans
rien perdre au milieu des plus forts
bouillonnemens de fon courage ; de fon
imperturbable férénité ; enfin, quel que
fût le fuccès de fes entreprifes , il le
foutiendroit avec une égalité d'ame au-
deffus des atteintes de la fortune & du
malheur.

Or , MESSIEURS , ce mortel imagi-
naire dans l'ordre de la Nature , ne l'eft
pas dans celui de la Religion. C'eft le

héros Chrétien ; il a exifté , & c'eft SAINT-LOUIS.

La grandeur de fes projets étonne. Il entreprend de dompter des vaffaux rebelles dont les forces étoient immen— fes , les ligues fans ceffe renaiffantes , & dont les nations voifines foutenoient les révoltes. Après la pacification de fes Etats , pour en écarter le fléau de la diffention , il fe propofe d'employer fes guerriers inquiets à réduire les peuples de l'Orient , à conquérir l'Egypte , la Mauritanie , la Paleftine , & à fauver l'Europe de l'invafion des barbares. Ces vaftes deffeins formés par un Roi dont le bifaïeul pouvoit à peine en dix ans triompher au centre de fon Royaume du Seigneur d'un château , manifeftent l'activité de génie d'un héros devant qui s'applaniffent toutes les difficultés. Mais ces grandes vues , ces fortes entreprifes font communes à tous les Princes célè- bres qui ont couru la carriere des con- quêtes : SAINT LOUIS doit être diftin-

gué par la juftice de fes projets. S'il
n'a été guidé que par le feu de fon
courage, il perd fa grandeur aux yeux
de la raifon. Quand il s'agit d'immoler
des hommes ; un Sage réfléchit & ne
fe laiffe pas porter à cet excès par une
impulfion de fanatifme. Ce n'eft que
pour le bonheur du genre humain qu'il
eft quelquefois utile de faire violence à
l'humanité ; il faut que cette utilité
parle bien haut pour que le Sage vienne
à l'entendre. Eh, comment comprendre
ces foibles apologiftes de SAINT LOUIS
qui après avoir exalté fes vertus & l'é-
conomie de fon gouvernement, croyant
qu'il a failli dans l'entreprife de fes
guerres, veulent encore lui conferver
les honneurs de la Sageffe ? Orateurs
Chrétiens, n'excufez point ce qui feroit
fans excufe. Si Louis IX. emporté à des
expéditions injuftes a commis par préjugés deux cens mille meurtres, ceffez fon
éloge, taifez-vous même fur fes vertus,
tant de flots de fang les ont effacées.
Les erreurs du tems ne peuvent rien

pour ſon innocence : il étoit au-deſſus des opinions de ſon ſiècle , il en fut le réformateur. Il s'y ſeroit donc conformé uniquement dans ce qu'elles avoient de plus barbare ? Non , un Juſte ne s'abuſe pas ſi cruellement contre les intérêts de l'humanité, un pere du peuple ne vole pas à la deſtruction avec un zèle ſi aveugle , un Sage n'eſt pas un fanatique. Dans cette ſuppoſition , Louis n'eſt ni un Saint , ni un Sage, ni un homme ; ce n'eſt qu'un héros ſur qui la raiſon doit gémir & la Religion verſer des larmes. Mais il n'en eſt pas ainſi , ô généreux bienfaiteur du genre humain ! tendre zélateur de vos ennemis mêmes ! ſi contre l'inclination de votre cœur vous avez verſé du ſang , ç'a été pour empêcher qu'on n'en verſât davantage ; ç'a été pour parer aux plus grands maux qui puiſſent affliger la Nature. Diſons-le hautement , malgré la prévention aujourd'hui ſi commune , qui a ſuccédé à l'aveugle admiration de nos ayeux : les Croiſades étoient en elles-mêmes des guerres juftes & utiles. On les blâme avec raifon, pour les abus affreux qui les accompagnèrent ; mais on rejette injuftement fur l'objet de ces entreprifes, l'odieux que préfente la maniere féroce dont elles furent exécutées. Des armées indifciplinables croyoient trouver dans leur zèle fanatique pour la Religion un droit à tous les crimes. Les efprits fages, les cœurs fenfibles déploreront toujours ces excès, qui furent une fuite malheureufe de la barbarie des tems. Pour en entreprendre la juftification, il faudroit renoncer à l'humanité. C'eft dans leur objet que ces guerres étoient équitables : c'eft dans les avantages qui en réfultèrent pour toute l'Europe, qu'elles furent utiles ; & la gloire propre de Saint Louis eft de n'avoir rien négligé pour éviter les abus.

Quel étoit, Messieurs, le véritable but des expéditions contre les Sarrafins ? la délivrance de la Terre-Sainte étoit le motif le plus apparent : il faut convenir qu'il eût été infuffifant pour rendre ces guerres légitimes. Mais ce n'étoit pas feulement la terre qu'il falloit délivrer ; c'étoit les habitans qui gémiffoient fous la plus cruelle oppreffion ; c'étoit tous les Chrétiens menacés de voir l'Europe entiere devenir la proie des barbares : quand les Huns, les Alains, les Goths & les Vandales vinrent fondre fur nos contrées, eût-on blâmé une ligue des Européens pour repouffer dans le Nord ces peuples deftructeurs ? Si, fans attendre qu'ils euffent confommé leur invafion, l'on fe fût efforcé de les chaffer de leurs premieres conquêtes ; les héros qui euffent préfervé l'univers de ce fléau terrible, n'euffent-ils pas bien mérité du genre humain ? Or, MESSIEURS, les Sarrafins étoient encore plus redoutables que ne le furent jamais toutes les hordes fanguinaires qui abandonnèrent la Scandinavie & les Palus Méotides, pour ravager nos climats. Déja l'on avoit vu ces Mufulmans fanatiques défoler la

Tingitanie & la Numidie, dévaſter les Eſpagnes, parcourir la France avec des armées de trois & quatre cent milles hommes. Charles Martel , & après lui Charlemagne ſauverent l'Europe : c'eſt la gloire immortelle du nom François. Mais ces peuples loin d'être épuiſés par leurs défaites, ſe reproduiſoient comme les eſſains d'inſectes dévorans après une vaſte inondation. Ils enveloppoient l'Europe de toutes parts : maîtres des côtes d'Afrique & des poſſeſſions Eſpagnoles juſqu'aux Pyrénées ; ils avoient enlevé l'Egypte & la Syrie à l'Empereur des Grecs , ils avoient réduit ſon empire à la ſeule ville de Conſtantinople, & à quelques territoires de peu d'étendue ſur le Pont-Euxin : établis dans la Corſe , la Sardaigne , une partie de la Sicile , ils menaçoient Rome & l'Italie. Que devenoit la France & toute la Catholicité ? Ce fut donc un trait de prudence conſommée dans les Souverains Pontifes d'engager les Princes à s'unir pour la cauſe commune , & de profiter de la dévotion antique qu'on avoit envers les faints monumens de la Rédemption, pour exciter les Chrétiens à fecourir ceux qui étoient opprimés & à prévenir de plus grands ravages. On arboroit la Croix pour aller immoler des hommes : Qu'eft-ce à dire ? Falloit-il, parce qu'on avoit le bonheur d'être Chrétien, laiffer égorger tous ceux qui portoient ce faint nom ? N'eft-il plus permis à ceux qui croient l'Evangile, de défendre leur vie , leurs foyers & leurs Autels contre des barbares ? devoit-on efpérer des miracles , & attendre froidement dans cette imprudente fécurité que le mal fût à fon comble ? Ce n'eft pas-là l'efprit du Chriftianifme : il laiffe le glaive dans la main des rois pour effrayer les méchans & affurer la paix des empires : il permet , il commande de voler à la défenfe de l'huma-nité. Heureufe la République Chrétien-ne fi elle n'eût jamais connu que ces guerres vraiment faintes dans leur objet ; & fi , réunie fous l'étendart d'une Re-ligion

ligion qui ne respire que le bonheur des hommes, elle eût toujours tourné ses armes contre des nations, qui ne s'exerçoient qu'à faire le malheur du monde. Il eût été sans doute plus satisfaisant de convertir ces peuples, & d'en faire à la fois des hommes & des Chrétiens : mais leurs mœurs féroces ne permettoient pas cette espérance ; & la seule illusion de SAINT LOUIS, bien digne de son cœur, fut de pouvoir s'y livrer. Comment humaniser des frénétiques, en qui le seul nom Chrétien excitoit les mouvemens d'une haîne brutale ? Si je peignois ici les mœurs de quelques-unes des Nations qui dévastoient alors la Chrétienté, des Corasmins, par exemple, on seroit saisi d'horreur. C'étoit des tigres, plus affreux que les bêtes voraces qui portent ce nom, puisqu'avec la même soif du sang & la même rage implacable, ils avoient une forme humaine. On sent frémir ses entrailles & saigner son cœur en parcourant les tableaux trop fidèles qu'en a conservé

D

l'Histoire : & quand on pense que c'étoit des François qui, dans la Palestine, éprouvoient les plus horribles traitemens de la part de ces monstres ; quelle est l'ame sensible qui pourroit ne pas bénir SAINT LOUIS , lorsqu'entendant du haut de son trône paisible les cris de ses enfans déchirés, égorgés , il en descend avec précipitation , quitte les douceurs de la paix , accourt sans que rien puisse arrêter ses pas , s'empresse à venger dans une même guerre la Religion , la Patrie , l'Humanité , la Nature ?

On demande à quoi aboutit cette grande entreprise , & ce qu'ont jamais produit d'heureux toutes ces expéditions d'outre-mer. Etrange prévention ! N'est-ce donc rien que le salut de l'Europe ? N'est -ce rien d'avoir arrêté dans sa furie ce torrent de barbares qui ravageoit le continent ; d'avoir imprimé la terreur à des brigands dont la valeur féroce dévoroit en projet tous les peuples , de les avoir poursuivis jusqu'au

centre de leur puissance , & d'avoir
porté au milieu d'eux l'incendie qu'ils
vouloient allumer dans le reste du monde ? On ajoute que nos pays se dépeu-
plerent autant par ces guerres que si les
Sarrasins les eussent ravagés : c'est une
extrême exagération. Après toutes les
Croisades , la France, qui leur fournit
seule plus de guerriers que toutes les
autres Nations ensemble , étoit plus peuplée qu'elle ne l'est aujourd'hui. Un
siècle après SAINT LOUIS , les seuls domaines du Roi comprenoient près de
vingt millions d'habitans , ce qui forme maintenant toute la population du
royaume. Cependant de tous les peuples nombreux qui habitoient les côtes
d'Afrique, les Sarrasins laisserent à peine
échapper des vestiges d'hommes ; ils ef-
facerent ces Nations comme si un vol-
can les eût englouties ; trouvera-t-on
encore que nos ayeux aient acquis trop
cher le bonheur d'éviter un pareil fort ?
La populace effrénée qui suivit par fa-
natisme les Princes que le devoir & la

piété armoient contre les dépopulateurs
du monde, servit par sa désertion plus
heureusement sa patrie, qu'elle ne l'auroit fait en y restant pour la souiller de
crimes. De combien de scélérats ne fut
pas purgée l'Europe ? & quel avantage
d'avoir tourné contre de véritables ennemis la fureur guerriere des Seigneurs
de ce tems, qui plutôt que de rester
inactive se portoit contre des citoyens !
Pouvoit-on rendre un plus important
service aux cultivateurs, aux bons &
utiles sujets du royaume, que d'éloigner
d'eux des tyrans qui les accabloient ?
Des aliénations devenues indispensables
anéantirent les droits de fiefs qui étoient
les fléaux de la liberté. La Croisade de
Saint Louis affermit sa législation nouvelle, fit respirer les Chrétiens d'Orient,
épouvanta les barbares ; si elle ne put
garantir le royaume de Jérusalem de sa
ruine, elle la retarda, elle empêcha la
puissance Musulmane de se déborder au
loin & de venir combattre dans leurs
foyers des peuples intrépides, qui, mal-

gré un concours d'évènemens étranges & au-deſſus de toute prévoyance humaine, s'étoient vûs prêts de la dompter & de lui ravir ſes conquêtes.

J'ai tout fait, Messieurs, pour mon deſſein, en montrant la juſtice & l'utilité des entrepriſes de Saint Louis. Les merveilles de l'exécution & le calme de ce grand homme au milieu de ſes prodiges de valeur, ſont d'un éclat qui l'emporte ſur ce qu'il y eut jamais de plus éblouiſſant dans les faits héroïques de tous les âges. Ici l'admiration eſt forcée & cède ſans réſiſtance.

Le paſſage du Granique immortaliſe Alexandre ; la défenſe d'un pont, contre une troupe de Samnites, obtient à un Romain célèbre les éloges de l'univers ; Annibal acquiert à Cannes une gloire que ſes fautes n'effaceront jamais : dans une campagne unique, Saint Louis, âgé à peine de vingt années, a égalé ſeul tous ces exploits. Il a fait plus ; dans la chaleur du combat, dans l'enchantement du ſuccès, il a poſſédé

fon ame, & s'eſt montré plus grand que
la victoire. Le Conquérant Macédonien
affronte une multitude de Perſans amol-
lis, & traverſe un ruiſſeau pour la combattre : ici c'eſt une armée de François
rebelles & d'Anglois ambitieux de gloire, c'eſt un fleuve rapide ; LOUIS le
couvre de ſes guerriers ; pour leur faciliter l'abordage, il faut qu'il traverſe le
premier ſur un pont étroit, qu'il perce
les bataillons & nettoye le rivage. Pont
de Taillebourg ! immortel monument
du plus étonnant fait d'armes ! Il n'eſt
pas queſtion de défendre ce paſſage
contre le grand nombre, il s'agit de re-
pouſſer une armée dans toute ſa profondeur, de la replier ſur elle-même,
de ſe faire jour, de ſe former un champ
de bataille ſur le lieu même qu'oc-
cupe l'ennemi. LOUIS ne ſe défend pas
contre trois ou quatre guerriers à la fois
comme avoit fait Horatius, comme fit
enſuite l'intrépide Bayard, il fond ſur
ſoixante mille hommes, les écarte, les
renverſe, les écraſe, & avec autant de

préfence d'efprit que fi le feu de la valeur n'eût pas brûlé dans fes veines ;
toujours combattant, il fait avancer les
fiens, les difpofe en ordre & leur affure
la victoire. Il ne s'affoupit point fur fes
lauriers, à l'exemple du héros de Carthage. Le lendemain les plaines de Saintes le revoient au combat. Son ardeur
redouble l'épouvante des conjurés que
leur premiere défaite glaçoit encore
d'effroi. Le défefpoir les ranime, &
leurs efforts font vains ; tout cède, tout
s'abyfme fous le glaive de SAINT
LOUIS. La déroute eft entiere, la
ville ouvre fes portes, les rebelles ne
font plus, il ne refte que des fujets coupables qui tombent aux pieds du vainqueur. Héros Chrétien ! quel fera ton
triomphe ? dans ta jufte indignation,
vas-tu punir ces ingrats & les traîner
humiliés à la fuite de ton char ? Ah ! ils
retrouvent un pere dès qu'ils ont recours
à fon cœur : il leur reproche tendrement
le fang qu'ils lui ont fait répandre ; il
reconcilie la bienfaifance avec la vic-

toire ; s'il fçait vaincre par le courage, c'eft par la clémence qu'il fçait triompher.

Suivons en Afie & en Afrique le héros de l'Europe. Sa prudence a mis en œuvre tous les moyens qui doivent affurer le fuccès à la valeur : armée aguerrie , flotte nombreufe , vaillans capitaines, vivres abondans , fonds immenfes , plan de campagne fagement conçu : l'Egypte domptée , la Syrie doit être foumife , & bientôt la barbarie verra le vainqueur ôter aux ennemis du bonheur public leurs dernieres reffources. Que manqua-t-il pour réalifer toutes ces efpérances ? rien du côté de Saint Louis : l'effet de fes vues étoit infaillible fi la pefte qu'on ne pouvoit prévoir , en ruinant fon armée, ne fût venue lui préparer un nouveau genre de gloire plus fublime que celle des conquêtes.

Il arrive à la vue de Damiette. Les bords font couverts de ces Sarrafins redoutables avec lefquels Saladin fit trem-

bler le monde. Louis fçait qu'au début
d'une entreprife militaire un acte éclatant de courage enflamme les troupes,
effraye l'ennemi, décide la victoire : il
fe précipite à travers les flots, animant
fes guerriers de la voix & du gefte, fon
cafque brille fur les ondes, fon bouclier
& fon glaive agités d'une main forte,
fendent les vagues avec rapidité ; affailli
par une grêle de flèches, il parcourt
l'humide élément comme l'aigle au haut
des airs vole au milieu des foudres :
bientôt il atteindra le rivage.... Il y a
déja fait arriver avant lui l'épouvante. Il
touche au théâtre de fa gloire, d'un élan
impétueux il franchit le bord, il eft fur
la côte, feul contre toute une armée.
Cette pofition n'eft point nouvelle pour
le vainqueur de Taillebourg. Son épée
terrible eft dans fes mains la faulx de la
mort ; il moiffonne les barbares ; le ter-
rein fe découvre & s'aggrandit derriere
fes pas. Accourez, François, vous avez
de l'efpace fur le rivage.

Les Sarrafins font défaits. Damiette

la clef de l'Egypte eſt dans les mains de Louis. Emporté par ce premier avantage, va-t-il d'une courſe rapide franchir tous les obſtacles, braver toutes les embûches, ſe précipiter par-tout ſur l'ennemi ? Ainſi l'auroit tenté un héros qui n'auroit eû que du courage : ainſi l'entreprit, contre l'ordre exprès du vainqueur, ce jeune Prince qui ſçavoit ſeconder la valeur du Monarque ſon frere ; mais qui ne ſçut pas imiter ſa prudence. Louis qui voyoit les François enivrés de la gloire de ſon premier triomphe, ſeul auſſi calme après la victoire qu'il étoit bouillant dans le combat, s'efforçoit de tempérer l'ardeur impatiente de ſes guerriers, s'avançoit d'un pas tranquille à des exploits profondément combinés & qui devoient conſommer aiſément ſes ſuccès. Il voit briller dans les yeux du Comte d'Artois le feu de la témérité : il apperçoit la faute avant qu'elle ſoit commiſe. Il exige de ſon frere le ſerment d'honneur, qu'un François ſemble incapable

de violer. Toutes ces précautions ſi ſa-
ges ſont fruſtrées , le Comte manque à
toutes les loix, il en eſt la victime : la
Maſſoure regorge du ſang François ,
Louis accourt , les périls que ſa prudence évite , ſa valeur les brave quand ils
ſont inévitables , il ſe jette au milieu des
Sarraſins vainqueurs ; il noye dans leur
propre ſang leur victoire : il ſe fraye
avec ſon glaive une longue route à travers les bataillons , il s'enfonce juſqu'au
centre de l'armée : ſes troupes embrâ-
ſées du courage qu'allume un ſi grand
exemple , écraſent de toutes parts les
ennemis , apperçoivent enfin le Prince
invincible enfermé dans un cercle de
ſix barbares d'un aſpect monſtrueux &
d'une taille gigantesque ; ils volent à ſa
défenſe , elle eſt inutile , avant l'arrivée
du ſecours les ſix brigands ſont abbattus.

N'étendons pas plus loin le récit de
ces exploits : s'ils n'étoient rapportés par
des témoins oculaires , on les croiroit
fabuleux. Je dis plus ; jamais roman-
cier n'oſa prêter à ſes héros des actions

auſſi prodigieuſes ; il auroit paſſé de trop loin la vraiſemblance, Si quelque choſe parut jamais hors de la Nature, c'eſt ce caractère ſi ſoutenu du Saint héros qui réunit aux degrés extrêmes le ſens froid de la ſageſſe & les emporte-mens de la vaillance.

Car, Messieurs, c'eſt au milieu de ces tranſports de courage , parmi les éclats de cette gloire , dans toute la ſplendeur du triomphe , qu'il plaçoit avec une grace tranquille des actes de religion & d'humanité qui ſembloient annoncer en lui deux ames d'une force égale , l'une toute bouillante du feu de l'héroïſme & l'autre toute abandonnée aux charmes paiſibles de la vertu. A la deſcente de Damiette , tandis qu'il eſt en ſpectacle aux deux armées , qu'il les fait frémir l'une & l'autre , la ſienne par le danger qu'il brave , celle des ennemis par celui qu'il leur apporte , alors même Saint Louis , auſſi maître de ſes émotions que s'il étoit dans ſon Oratoire domeſtique , fléchit le genou

sur le rivage , adore humblement le
Dieu des victoires , puis s'élance. Tandis qu'il prodigue sa vie dans les combats , quelle attention pour ménager
celle de ses troupes , pour sauver celle
des barbares qui implorent sa clémence,
pour ravir au supplice les transfuges
trompeurs qui sous prétexte d'embrasser
la Religion trahissent ses intérêts !
Après la fatigue des plus célèbres jour-
nées , dans ce premier moment de jouis-
sance qui suit les grands exploits , quels
soins pour les blessés , pour les mourans , les morts mêmes & pour tous les
objets qui ont quelque rapport avec
l'humanité ! Parmi le tumulte des
camps , quelle paix sous sa tente , quel
ordre dans ses actions , quelle piété
dans ses exercices , quels charmes dans
ses entretiens , quels nobles égards
pour tous ceux qui ont le bonheur de
l'environner ! Sur mer durant les hor-
reurs de la tempête , le calme de son
ame & sa sérénité contrastent majes-
tueusement avec la furie des flots &

la sombre colère des cieux. Au moment de voir le vaisseau s'engloutir, il reste, il affermit les courages, il s'expose pour empêcher la perte certaine des siens. Non, il n'est que Dieu qui par un miracle de sa grace, ait pû placer dans l'ame d'un héros les vertus paisibles & touchantes d'un Chrétien, cette mansuétude, cette bienfaisance, ce saint amour des hommes, cette modestie si naïve, cette piété si affectueuse qui ne se démentirent jamais.

Dieu ne s'est pas arrêté dans le dessein qu'il avoit de nous donner en SAINT LOUIS le plus frappant témoignage de la toute-puissance de sa religion : il nous montre le héros selon son cœur aux prises avec l'adversité, c'est-là qu'il comble le prodige.

Au centre de la gloire SAINT LOUIS est prêt pour le malheur ; le souffle de la peste éteint son armée, il est frappé lui-même, son corps languit, il tombe pâle & sans chaleur dans les mains infidèles, on le charge de liens, on l'enfévelit dans un cachot ; mais fon ame eft debout, elle eft libre, indépendante ; elle commande aux douleurs, aux paffions, à l'infortune, à la gloire, à toute la nature ; elle exerce l'empire de la divinité. A la nouvelle du défaftre de l'armée Chrétienne & de la prife du faint héros, tout eft en deuil dans l'Europe & en Afie ; mais tandis que les foibles hommes plongés dans la confternation baiffent un œil morne ou noyé de larmes vers la terre, du haut des cieux les divins efprits contemplent avec raviffement le fpectacle d'une vertu invincible, Dieu même connoiffant pour ainfi dire la joie, fe complaît dans le plus digne ouvrage de fa fageffe : *Exultat gaudio pater jufti & qui fapientem genuit lætabitur in eo.* Mortels ! que vos cœurs font étroits & vos efprits pufillanimes ! la terre frémit à l'afpect d'un roi jufte que le ciel fait lutter contre l'infortune ! Craint-elle donc d'être trop honorée par fa victoire ? ou croit-elle que le plus fage des hommes

Prov. 23.

ſoit trop foible ou trop vil pour que Dieu puiſſe le récompenſer avec des malheurs ? » Qu'avoit fait le plus di-» gne & le plus ſaint des Rois pour » être ainſi traité par ſon Dieu ? « s'é-crie Innocent IV. O Pontife ! ce qu'il avoit fait ? vous le dites vous-même ; il étoit le plus ſaint & le plus digne des Rois ; c'eſt un beau titre pour ſouf-frir avec gloire. A qui le ciel réſervera-t-il donc les dernieres épreuves de la vertu ? à des lâches qui tombent plus bas que le malheur ? ou à une ame in-trépide qui s'élevant par la Religion au-deſſus des forces naturelles s'approche de la nature divine par un ferme atta-chement à la juſtice ? Le triomphe de Louis étoit infaillible, & Dieu devoit cet honneur à la vertu, ce témoignage à la Religion, cette gloire à lui-même. Voilà donc ce Monarque, l'arbitre des Rois, ce triomphateur, qu'on prenoit pour le Dieu des Batailles, réduit à l'état de douleur & de ſervitude le plus déſaſtreux : incapable de ſe mouvoir,

plus

plus encore par l'anéantiſſement de ſes forces corporelles que par la peſanteur de ſes fers : ſans vêtemens que des lambeaux qu'un priſonnier partage avec lui, ſans adouciſſemens dans ſes maux , ſans reſſource dans ſon malheur : livré à des monſtres pour qui la majeſté des rois n'eſt rien , puiſqu'ils ignorent juſqu'à la dignité de l'homme , LOUIS ſçaura les contraindre à révérer la majeſté de la vertu , plus vénérable que celle de la royauté. Ils croient diſpoſer à leur gré d'un eſclave impuiſſant & abattu , ils trouvent un Souverain qui les maîtriſe & les enchaîne.

Almoadan propoſe des conditions nuiſibles à la République Chrétienne ; il n'eſt pas écouté : on prépare la Cippe , genre de torture le plus cruel que pût inventer la barbarie humaine ; on intime les ordres pour le traité ou pour le ſupplice. » Sultan , dit le héros , je choiſis » le ſupplice & je ſuis prêt à ton vou- » loir «. Celui-ci confondu offre des conditions plus avantageuſes ; LOUIS les règle

à fon gré : fa vie ne lui eft rien, le bi
de fes fujets & de fes amis eft tout po
fon grand cœur. Mais l'épreuve n'eft p
à fon terme. Les évènemens changen
Le Prince d'Egypte eft maffacré. U
meurtrier teint de fang appuye fon glaiv
fur le fein du Roi & lui dit : » Héros
» arme - moi Chevalier. — Devien
» homme, fais-toi Chrétien «. Comm
Louis difoit cette parole arrive une troup
de fcélérats l'épée haute & fumante d
carnage, la fureur les tranfporte, le crim
en eux appelle le crime, la violence &
la mort s'élancent de leurs regards avan
qu'elles partent de leurs mains fanglantes
c'en eft fait du Héros ; non, c'en eft fai
des barbares : ils ont repris l'humanité
fon afpect, ils l'adorent : en voyant c
grand homme la poitrine haute & déco
verte, le front ferein, le coup d'œil nob
& fûr, la contenance fiere & tranquille
auffi calme devant la mort & au mili
des rugiffemens de ces bêtes féroces, q
s'il eût préfidé à une cérémonie pacifiq
parmi les applaudiffemens de fon peupl

Roi entre les mains de ses meurtriers comme dans les batailles & au sein de la victoire ; le fer échappe aux assassins, ils deviennent des sujets sous ses regards ; prosternés, ils le supplient humblement d'accepter la couronne. Il a suffi à la vertu de se montrer avec ce grand caractère de divinité pour remporter ce triomphe & c'est sans doute le plus sublime qu'ait jamais célébré l'univers.

Le Héros quitte l'Egypte retentissante du bruit de son courage & remplie de l'admiration de ses vertus. Nous ne le suivrons pas dans de nouvelles batailles, à de nouveaux exploits, couvrant les plaines de Numidie des palmes de sa gloire. Après l'avoir vu triompher des maux de la nature & des forces humaines, on ne peut plus le considérer qu'aux prises avec la mort. Les succès & les revers sont mêlés ensemble pour ébranler par leurs impressions diverses ce cœur magnanime avant son dernier soupir.

Les ennemis sont terrassés par la prise de Carthage & du Fort. Tunis aux abois eſt prêt à ſe rendre : la délivrance de la Terre-Sainte ſe montre dans une perſpective aſſurée : les glorieux deſſeins du vainqueur en Iſraël vont être remplis , la terre applaudit d'avance à la conſommation de ſes projets ; mais le Ciel arrête ces acclamations triomphales & rompt le charme d'une ſi conſolante eſpérance : voilà le moment qu'il choiſit pour frapper le Héros. Il envoie une ſeconde fois la peſte qui fait les plus rapides progrès dans le camp victorieux. Les amis du Saint Roi , le Fils le plus cher à ſon cœur, les Soldats de ſon armée qui ſont tous ſes enfans , expirent au milieu des ſoins qu'il leur prodigue. Victime de ſa charité infatigable , il tombe ſous les atteintes du fléau dont ſon zèle bravoit les coups pour les adoucir à ſon peuple. La mort s'offre à ſes yeux dans ces fatales conjonctures. Il ſe voit éloigné des ſiens , car la France n'étoit pas ſeulement ſon Royaume , c'étoit ſa patrie , c'étoit ſa famille : loin de cette terre de promeſſe que la victoire lui avoit

tant de fois montrée & qu'une providence infléxible fermoit enfin à fon ef-
poir : étendu fur un fol frappé d'anathême , entouré de fes troupes languif-
fantes , n'entendant de toutes parts que
les accens de la douleur & les foupirs de
la mort : ne refpirant que des poifons :
ne portant au loin fes triftes regards que
fur des objets défolans : fouffrant dans fon
vafte cœur le trépas de ceux qui ne font
plus , de ceux qui expirent , de ceux que
la contagion va encore dévorer. Grand
Dieu ! fe peut-il que cette ame fenfible
qui vous a toujours honoré d'un culte
parfait , n'élève pas vers vous une tendre
plainte fur ce funefte fuccès de fes vertus
& fur la rigueur dont vous récompenfez
fon amour ? Saint Louis , une plainte !
Dieu immortel ! vous auriez donc perdu
votre Héros ? à force de l'élever jufqu'à
vous en mefurant vos plus grands coups
avec fon courage , vous l'auriez fait re-
tomber jufqu'à l'homme : non , votre ouvrage eft confommé. Dans l'accablement
de fes maux il ranime les accens de fa re-

connoiffance. Ses vœux font comblés ; il
fouffre dans toutes les parties de fon
ame , il meurt lorfqu'il devoit le plus
chérir la vie : voilà le martyre généreux
qui fut toujours l'objet de fes defirs : il
n'en forme plus qu'un , c'eft que le fléau
ceffe après lui & qu'il foit victime pour
fon peuple : il fera exaucé. Voyant approu-
cher le terme de fes combats , il fait
venir l'héritier de fon Trône , il lui apprend à être pere de fes fujets. Il pour-
voit à la félicité de tout ce qui lui fut
cher dans la vie ; il voudroit pourvoir
au bonheur du genre humain , il l'em-
braffoit tout entier dans fa tendreffe.

Les foins de ce monde remplis , il n'a
de fentimens que pour les Cieux. Il reçoit les facrés myftères dans une atti-
tude d'adoration & avec une expreffion
d'hommage qui raviffent les fpectateurs.
Ce corps déja flétri fous les ombres de
la mort & qui ne tient plus à la vie que
par la fouffrance eft encore un inftru-
ment de victoire & un fanctuaire de bénédictions. L'ame maitreffe d'elle-même

jufquau dernier moment ne veut pas re-
marquer fes douleurs mortelles & rend
préfentes par la force de la foi les délices de l'immortalité. Ce grand holo-
caufte fe place de lui-même fur la cendre
funéraire ; les yeux fixés vers le Ciel où
volent fes defirs, il attend en paix l'heure
du départ : les larmes, les cris, les fan-
glots ne l'emeuvent plus : il ne prête l'o-
reille qu'au fignal de l'éternité ; il l'en-
tend marquer dans fes profondeurs le
moment fatal, un tranfport d'amour en-
traîne fon ame ; mais en dirigeant fon
vol vers les Cieux, elle ordonne encore
à fes levres qu'elle abandonne, de pro-
noncer ces belles paroles, » Grand Dieu,
» je vais entrer dans votre demeure, je
» vous adorerai dans votre faint temple
» & je glorifierai votre nom «.

Oui, homme étonnant & fublime,
vous l'avez glorifié : & qui plus que vous
lui rendit jamais témoignage ? la Divinité vous avoit choifi entre tous les mortels pour être l'image la plus vive de fa
fageffe & de fa force : vous avez rempli

cette haute destinée avec une perfection qui fait l'admiration de la Terre & des Cieux. Dieu de nos peres ! je vous rends hommage & je vous bénis parceque vous nous avez montré tout ce que la religion pouvoit faire d'un homme. Eh ! qui pourroit refuser ses adorations au christianisme après une preuve si frappante de sa vérité. SAINT LOUIS n'a connu de regle que l'Evangile, & il a été le modèle de toutes les vertus, le vainqueur de toutes les passions, le sage le plus bienfaisant, le Héros le plus accompli. Quelle sera la religion véritable si ce n'est celle qui peut former le meilleur des hommes & le plus grand ? La religion naturelle pourra rendre l'homme bon & juste jusqu'à ces limites étroites que comporte la foiblesse de l'humanité ; mais cet assemblage complet de grandeur & de sagesse, de douceur & de force, de bienfaisance & d'héroïsme la surpasse ; la nature n'est pas plus forte que la nature, & quand un homme la surmonte & paroît plus grand qu'elle, c'est néceſſairement Dieu qui l'élève & l'expoſe en témoignage à l'univers.

Nous ſommes à vos pieds , puiſſant maître des cœurs , nous vous adorons , nous vous rendons graces de ce que vous avez choiſi la France pour y placer ce grand témoin de la puiſſance de l'Evangile , ce Prince ſi parfait dont la ſeule idée charme les cœurs & dont la vie entiere enchaîne les eſprits dans un long raviſſement. Ne permettez pas qu'une préférence ſi glorieuſe donnée à ce Royaume ſur toute les nations du monde ſoit méconnue par des ingrats. Conſervez la foi de SAINT LOUIS parmi les François , puiſque ſon exemple bien médité ſuffiroit pour la faire triompher ſur toute la terre.

Et vous , tendre protecteur de votre ancienne patrie , veillez du haut des Cieux ſur ſa félicité. Maintenez ſur le Trône de vos auguſtes enfans cette croyance divine qui vous a rendu le modèle des Rois & l'arbitre des cœurs. Retracez dans d'autres vous-mêmes les merveilles

de vos perfections. Puisse le Monarque
chéri qui dès les préludes de son règne
a répandu l'espérance & la joie dans tout
le Royaume, consommer notre bonheur!
Puisse-t-il dédaigner toujours le luxe &
la mollesse, les séductions des flatteurs qui
ont affoibli souvent de grandes ames &
les conseils des esprits durs qui réussissent
à rendre odieux le gouvernement des
bons Princes! que la religion continue
de l'animer, nos intérêts lui seront chers,
notre félicité sera la sienne, l'abondance
& la paix entoureront son Trône, les
arts & les talens immortaliseront sa gloire,
les Laboureurs le béniront dans les campagnes, & leurs bénédictions monteront
jusquaux Cieux où se dispense la véritable immortalité; que Louis XVI. &
Antoinette d'Autriche renouvellent par
leurs bienfaits le règne de Louis IX. &
de Marguerite de Provence! O Saint
Louis, pere des Rois & des Peuples François, exaucez nos vœux. Que ces Époux
adorés marchent constamment sur vos
traces! qu'ils soient pendant un siècle les

délices de la France, & qu'alors la religion & l'humanité les élevant jufqu'à
vous, vous puiffiez leur dire, » venez,
» ô mes enfans, vous m'avez fait regner
» une feconde fois fur la terre «.

Ainfi foit-il.

APPROBATION.

J'AI lû par ordre de Monseigneur le Garde des Sceaux, un Manuscrit qui à pour titre, *Panégyrique de SAINT LOUIS, prêché devant l'Académie Françoise, par M. l'Abbé FAUCHET.* L'Orateur fait voir dans ce Discours que l'Eloge de SAINT LOUIS, quoique si souvent traité, sera toujours pour des François & pour des Chrétiens un fonds inépuisable d'intérêt & d'admiration. A Paris, le 27 Août 1774.

RIBALLIER.

De l'Imprimerie de J. G. CLOUSIER, rue S. Jacques.

LE même Libraire tient un nombre
d'affortimens en Livres de Jurifpru-
dence , Sciences , Belles - Lettres ,
Hiftoire, Voyages, Géographie, Théo-
logie , Théâtre , Romans : Les Per-
fonnes qui en défireront , auront la
bonté d'écrire au Libraire qui fe fera
un plaifir de les leur faire tenir fur-
le-champ. On peut auffi s'adreffer à
lui pour fe procurer les Nouveautés.